MW00581975

Christian Jolibois
Christian Heinrich

Pocket Jeunesse

L'auteur

Fils caché d'une célèbre fée irlandaise et d'un crapaud d'Italie,
Christian Jolibois est âgé aujourd'hui de 352 ans.
Infatigable inventeur d'histoires, menteries et fantaisies,
il a provisoirement amarré son trois-mâts *Le Teigneux*
dans un petit village de Bourgogne,
afin de se consacrer exclusivement à l'écriture.
Il parle couramment le cochon, l'arbre, la rose et le poulet.

L'illustrateur

Oiseau de grand travail, racleur d'aquarelles
et redoutable ébouriffeur de pinceaux,
Christian Heinrich arpente volontiers
les immenses territoires vierges de sa petite feuille blanche.
Il travaille aujourd'hui à Strasbourg et rêve souvent à la mer
en bavardant avec les cormorans qui font étape chez lui.

Du même auteur et du même illustrateur

La petite poule qui voulait voir la mer
(Prix du Livre de jeunesse de la ville de Cherbourg 2001)

Un poulailler dans les étoiles
(Prix Croqu'livres et Prix Tatoulu 2003)

Le jour où mon frère viendra
(Prix du Mouvement pour les villages d'enfants 2003)

Nom d'une poule, on a volé le soleil !
(Prix Tatoulu 2004)

Charivari chez les P'tites Poules
(Prix du Jury Jeunes Lecteurs de la ville du Havre 2006)

Les P'tites Poules, la Bête et le Chevalier

Jean qui dort et Jean qui lit
(Prix Chronos Vacances 2007)

Sauve qui poule !

Coup de foudre au poulailler

Un poule tous, tous poule un !

Album collector (tomes 1 à 4)
Album collector (tomes 5 à 8)

Loi n° 49-956 du 16 juillet 1949
sur les publications destinées à la jeunesse : novembre 2008.

© 2008, Éditions Pocket Jeunesse, département d'Univers Poche, pour la présente édition.

ISBN : 978-2-266-18778-7

Achevé d'imprimer en France par Pollina, 85400 Luçon – n° L57157
Dépôt légal : novembre 2008
Suite du premier tirage : mai 2011

Charivari chez les P'tites Poules

Pour rien au monde Carmélito et ses copains
n'auraient manqué l'ouverture de la pêche.
Mais, hélas, ils n'ont pas encore pris le moindre petit goujon !
Au bout de leurs hameçons,
les asticots s'ennuient et passent le temps
en faisant des ronds dans l'eau…

– Pfff… ça ne mord pas ! s'impatientent les petites poules.
Sur la berge, les jeunes poussins mènent un joyeux tapage.
– Silence, les marmots, chuchotent les pêcheurs.
Vous faites fuir les poissons !

– J'ai une touche ! s'exclame soudain Coquenpâte. C'est un gros !

Sous le regard envieux de ses amis, Coquenpâte remonte fièrement sa prise. Ce n'est ni un saumon ni un brochet, mais un vieux sac de toile.

– C'est à moi ! Écartez-vous,
ordonne Coquenpâte.

À peine a-t-il dénoué la ficelle
qu'il pousse un cri d'effroi :
– Sauve qui peut ! Un chat noir !

Un chat porte-malheur!!!

La petite Carmen s'approche du rescapé :
– Tu l'as échappé belle, mon chaton !
Quelle drôle d'idée d'apprendre à nager dans un sac...

Son frère Carmélito n'est pas très rassuré.
– Ne touche pas à ce matou, Carmen !
On dit que les chats noirs sont maléfiques.

– Comment un garçon aussi intelligent que toi
peut-il croire à ces sornettes ? se moque sa sœur.

Carmélito, tout penaud, entreprend de frictionner le pauvre animal afin de le sécher et de le réchauffer.

– Comment t'appelles-tu ? lui demande-t-il.
Le petit félin répond qu'il n'a pas encore de nom.

– Eh bien, je propose qu'on t'appelle « Chat-Mouillé », dit Carmen en le serrant très fort contre elle.

Le chaton noir leur raconte
qu'il est venu au monde au moulin des Quatre-Vents.
– Tous mes frères et sœurs avaient le pelage tigré, sauf moi…

… Je ronronnais de plaisir lorsque
maman chantonnait à mon oreille :
Qui est ce shah, ce pacha,
ce beau prince que voici ?
C'est mon petit, mon petit chat
dans sa belle chemise de suie.

Mais, ce matin, le meunier m'a découvert
et sauvagement arraché à ma mère :
« Fils du diable, je vais te tuer
avant que tu n'apportes le malheur dans ma maison ! »

Puis il m'a ficelé dans un sac et jeté à la rivière.

Le retour de Carmen et de Carmélito est salué
par des cris horrifiés. Quel charivari !
– Nom d'une coquille ! Regardez !
Ils ramènent ce maudit chat noir !
– Enfer et crotte de poule !

– Les chats noirs, c'est comme le chiffre 13,
ça porte malheur !!!
– Malédiction ! Les pires calamités
vont s'abattre sur nous !

– Et en blus, boi,
je suis allergique
aux boils de chat,
proteste Coqueluche.

En apprenant sa terrible histoire,
les parents de Carmen et de Carmélito
proposent aussitôt de recueillir Chat-Mouillé.
– Petit ! dit Carméla, très émue,
je cours te préparer un bon lait de poule.

– Suis-moi, fiston ! lance Pitikok.
On va t'installer dans le nid d'amis.

Minuit. Alors que les poules dorment comme des marmottes, les trois amis ne sont toujours pas couchés.

– On peut garder la lumière allumée ? demande le petit chat.
– Pourquoi ? T'as peur du noir ? s'esclaffe Carmen.

– Non ! Mais les rats et les souris... ça me donne la pétoche ! D'ailleurs, j'en flaire un qui n'est pas très loin d'ici...

Carmen le rassure :
– Crois-moi, petit Chat-Mouillé,
un jour, tu deviendras le plus redouté,
le plus respecté des chats.
Un jour, tu seras… un grand seigneur !!!

**– C'est pas bientôt fini,
ce boucan, là-haut ?!
On veut dormir !!!**

À l'aube, on apprend qu'un drame épouvantable s'est produit dans la nuit.
– Au voleur ! À l'assassin ! Au meurtrier ! Justice, juste ciel, on a volé nos œufs !

Pour les petites poules, le responsable de ce malheur est tout trouvé.

– C'est sa faute !

– Vagabond ! Chat sans maison !
lui crie méchamment Cudepoule.
Tu n'as rien à faire au poulailler.
Tu n'es qu'un… un chat-nu-pieds !

La jeune volaille se déchaîne.
– Va-t'en, chat-nu-pieds !
– Hors d'ici, maudit chat noir !

– Décidément, vous n'avez pas grand-chose
sous la crête, s'indigne Carmen.
Tout ça, c'est de la superstition !
– Ma sœur a raison ! C'est de la…
euh… de la… comme elle dit !

– Arrêtez ! se met à hurler Coquenpâte.
Ne faites pas ça, pauvres fous !
Passer sous une échelle, ça aussi, ça porte malheur !

Quelques jours plus tard,
les feuilles commencent à tomber.
Les petites poules n'ont jamais vu ça,
et elles se mettent à trembler.

– Au secours ! Au secours !
Les arbres se transforment en squelettes !

Une fois encore, le petit chat noir
est désigné comme coupable.

– Les œufs de nos mamans qui disparaissent,
et maintenant les arbres qui meurent !
Ce sale matou est la cause de tout !

– Chat-nu-pieds doit quitter le poulailler !

– Du calme ! intervient Pédro le Cormoran.
Sachez que, en automne,
il est naturel que les feuilles tombent…
Par contre, ce qui est vrai,
c'est que les nuits de pleine lune,
les chats noirs accompagnent les sorcières au sabbat,
à califourchon sur un balai !

– Quelle andouille ! soupire Carmen.

Durant les semaines qui suivent,
Carmen et Carmélito aident le minou
à vaincre sa peur des rats et des souris ;
bref, à devenir un vrai chat…
Peine perdue.

– Ce n'est pas grave, le consolent Carmen et Carmélito.

Et puis, un jour, enfin…
– Hé, réveille-toi, Chat-Mouillé !
Nous avons de la visite, fait Carmélito.

– Hé, hé, conclut le matou d'un air chafouin,
il faut toujours se méfier du chat qui dort !

Un mois a passé.
Le petit chat noir a grandi… grandi… grandi…
au point d'être maintenant à l'étroit
dans le petit nid d'amis.
Ce matin-là, lorsqu'elles ouvrent la porte,
une surprise attend les petites poules :
la basse-cour a disparu
sous une étrange couche de sucre glace.

Le premier moment de stupeur passé,
elles découvrent bien vite les joies de la neige :
glissades, chutes, cabrioles, gadins et derrières mouillés.
– Écartez-vous !
– Chaud devant !
– Roule, ma poule !
On pourrait croire à la paix retrouvée au poulailler.

Mais la fête est tout à coup interrompue
par les cris horrifiés de Molédecoq.
– Venez voir ! C'est affreux !
L'eau de la rivière est devenue dure comme la pierre !
Comment allons-nous boire ?

Malédiction !!!

– Une nouvelle fois, ce maudit chat noir
a attiré le malheur ! s'écrie Coquenpâte.
Maintenant, ça suffit ! Qu'on le chasse d'ici !

Courageusement, Carmen et Carmélito
s'apprêtent à prendre la défense de leur ami...

– C'est inutile, annonce Chat-Mouillé, très calme. Je viens vous faire mes adieux.

Le chat noir a décidé que le temps était venu pour lui de partir à la découverte du vaste monde.

– Mon grand, déclare Pitikok,
tu es le plus fameux chasseur de souris que je connaisse.
Tu vas nous manquer !

Les quatre amis sont inconsolables :
– Sniff ! fait Carmen.
– Bêêêêê ! geint Bélino.
– Bouhou ! sanglote Carmélito.
– Allons, allons, dit Chat-Mouillé. Est-ce que je pleure, moi ?

Coquenpâte et les autres petites poules
ont du mal à dissimuler leur joie.
– Au plaisir de ne jamais te revoir… Chat-nu-pieds !!!

– Bon débarras ! Et maintenant
que ce porte-malheur est enfin parti,
retournons nous amuser.

Un matin, alors que tout le monde dort encore,
trois sinistres silhouettes
se dirigent à pas feutrés vers le poulailler.

C'est le féroce Rattila et sa bande.
Des maraudeurs sanguinaires,
des pillards de la pire espèce !

– Sentez-moi ce fumet, les gars ! dit Rattila.
Il y a dans ce garde-manger
plus d'œufs que nous ne pourrons en gober !
Allons-y !

– Personne ne bouge,
c'est un hold-up !

Surpris dans son sommeil, Pitikok ne peut voler au secours des pauvres poulettes terrorisées.

La sauvagerie n'épargne pas les petits,
qui croient leur dernière heure venue.

– Pas un cri, les mômes !
Le premier qui ouvre le bec, je le saigne !

Les mamans poules assistent, impuissantes,
au vol de leur bien le plus précieux.
– T'as de beaux œufs, tu sais !

Mais voilà que la porte du poulailler
s'ouvre à nouveau avec fracas.

– Chat-Mouillé !
s'écrient en chœur Carmen et Carmélito !

Les trois brutes se précipitent vers lui,
toutes dents dehors.

Chat-Mouillé, sans trembler,
bondit et élimine un premier adversaire,
qui en perd son chapeau.
Coiffé de sa prise de guerre,
le chat met illico le deuxième hors d'état de nuire.
– Aaarh ! Je suis fait comme un rat !

Rattila, sentant que l'affaire tourne mal,
abandonne ses complices.
Pour protéger sa fuite, ce grand lâche
s'empare d'un jeune otage.

Tandis que le chat noir passe autour de la taille
son deuxième trophée, les poules applaudissent
et félicitent chaleureusement leur sauveur.
– Mon héros ! laisse échapper Carmen
d'une voix pleine d'admiration.

Ils sont interrompus par Hucocotte, blanche comme un linge.
– Au secours ! Au secours ! Venez vite !
Rattila a enlevé notre copain Coquenpâte !

N'écoutant que son courage,
Chat-Mouillé s'élance aussitôt
à la poursuite du criminel.

– Prête-moi ta plume, mon ami Pédro !

Carmen et Carmélito, suivis de Bélino,
courent aussi vite que le permettent
leurs petites pattes.
Ils tremblent à l'idée qu'on fasse du mal
à leur gros copain.

Alors qu'ils s'apprêtent à pénétrer
dans la forêt...
– Que j'ai eu peur, les amis.
C'est le chat noir qui m'a délivré !
Il a mis une de ces ratatouilles à mon ravisseur...
Venez voir !

– Hé, hé ! On dirait que Rattila
a cessé de nuire, glousse Carmélito.
– Ce monstre a voulu me manger,
raconte Coquenpâte, encore tout bouleversé.
« Je vais me faire un sandwich
au poulet », qu'il disait.
– Ben, où est passé mon chat ?
s'inquiète Carmen.

Et soudain…
– Chat-Mouillé ! s'écrie la poulette.

Hé ! Hé ! Hé !... Que dites-vous de cette tenue, les amis ?
Maintenant, je dois filer. Mon nouveau maître m'attend.
ADIEU !

– Tu sais, je regrette de t'avoir traité de chat-nu-pieds !
C'était méchant !
lui lance Coquenpâte, reconnaissant.
Désormais, et pour toujours, on t'appellera...
le Chat Botté !

Quelque temps plus tard,
par une belle et chaude journée d'été...
– Une voiture se dirige vers nous
au grand galop ! s'écrie Carmélito.

– Waouuuh ! s'extasie Carmen.
Tu roules carrosse !!!
Alors, ce que j'avais prédit est arrivé ?
Tu es devenu un grand seigneur !

– Mes amis, annonce le Chat Botté
en ronronnant de bonheur, j'ai une surprise.

– Permettez-moi de vous présenter…

… mes treize enfants !!!

– YOUPiiiii !!!

Les P'tites Poules, la Bête et le Chevalier

Au poulailler, c'est la famine !
Plus le moindre grain de blé à picorer.
Papas et mamans poules sont partis
à la recherche de quelques épis oubliés
dans les champs par les paysans.
Pédro le Cormoran veille sur les enfants.

En attendant le retour de leurs parents,
les p'tites poules, affamées, s'apprêtent à partager
une semence d'avoine toute moisie
trouvée dans la poussière.

Et c'est parti !
Avec calme et courtoisie,
les p'tites poules tentent de casser la graine.

Mais, consternation ! c'est une invitée surprise
qui s'empare de la délicieuse friandise.

– Tonnerre de Bresse !

Alors que Carmen et Carmélito
essaient de récupérer la précieuse pitance,
un profond désespoir s'empare du poulailler.
– On va tous mourir de faim !

C'en est trop pour Coquenpâte qui lance
à l'adresse des petits ventres vides :
– Les amis ! Moi, je sais où trouver du blé.
Suivez-moi ! Partons à la quête du grain !

« Que faire ? se demande la petite Carmen.
Suivre les copains ou attendre sagement
le retour des parents ? »
– Oh, oh ! Il va y avoir de l'orage, dit leur ami Bélino.
Vous entendez ces grondements ?
– Non, gémit Carmélito.
C'est mon ventre qui fait d'affreux gargouillis.

– Carmen, ma sœur Carmen, ne vois-tu rien venir ?
– Je vois… je vois le soleil qui poudroie,
de la poussière sur le chemin qui montoie,
un coq et des poules qui s'avançoient !
Youpiii ! Nos parents rentrent au poulailler !

Hélas, la joie est de courte durée.
C'est le vieux Caruso et sa famille qui fuient la région.
– Notre ferme a été pillée, leur raconte-t-il.
On nous a dérobé nos réserves de blé. C'est terrible !

Le gosier noué, Carmen demande :
– Avez-vous rencontré mon papa et ma maman ?
– La dernière fois que je les ai vus, petite,
répond le vieux Caruso,
tes parents se dirigeaient vers l'auberge du Coq Hardi.

Pitikok et Carméla, accompagnés de tantine Coquette, marchent depuis plusieurs heures maintenant, sans avoir rien trouvé à manger !

– Quelle désolation ! dit Carméla. Les champs de blé sont dévastés. Que s'est-il passé ici ?

Soudain, une voix jaillie de nulle part les interrompt.

– **Silence !**
Éloignez-vous vite d'ici !

– Crêtemolle ? s'étonne Pitikok. Que fais-tu caché dans ces guenilles, mon pauvre vieux ?!

– Chuuut, à la fin ! La bête n'est pas très loin…
– De quelle bête parles-tu ?
– Mais de la créature gigantesque qui écume la région ! répond Crêtemolle en tremblant de toutes ses plumes. Un monstre qui répand la terreur en pillant les poulaillers, les champs et les greniers à blé !

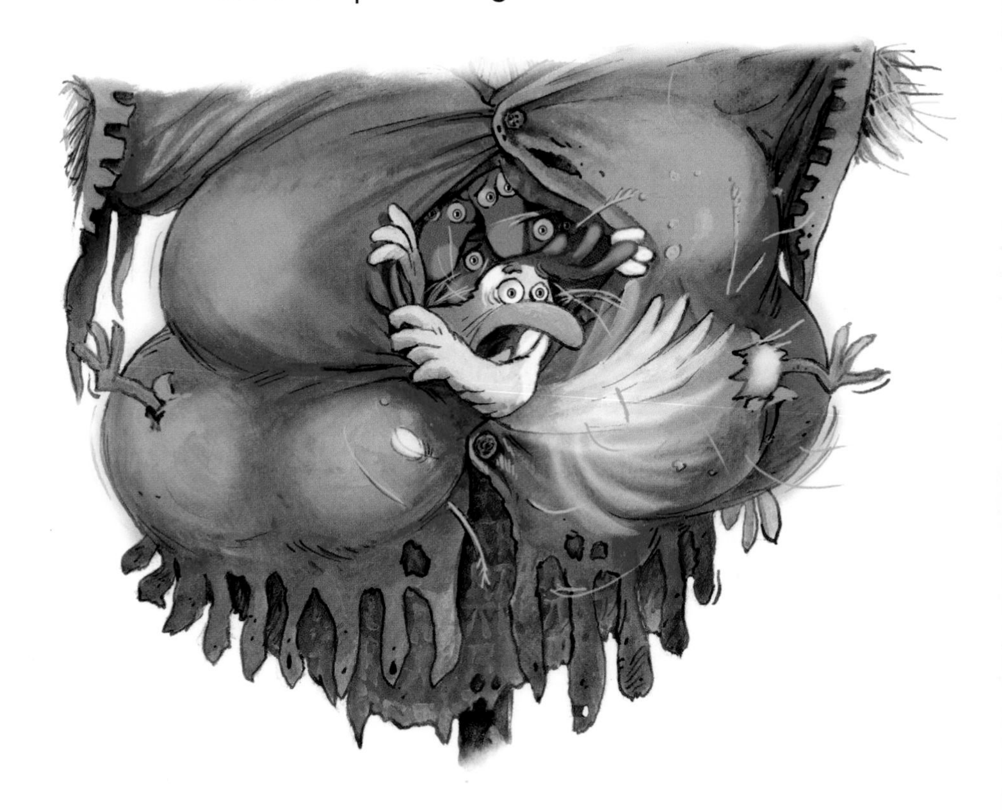

– Maintenant, tous les trois, filez ! Vous allez nous faire repérer par la bêêête !

Les mauvaises nouvelles rapportées par le vieux Caruso ont fort inquiété Carmen et Carmélito. Aussi, suivis de leur inséparable ami Bélino, ont-ils décidé d'aller à la rencontre de leurs parents. Les voici en vue de l'auberge du Coq Hardi.

– Papa ! Maman ! Tantine ! Où êtes-vous ?

Lorsqu'ils pénètrent dans l'auberge, une voix apeurée les interpelle du fond d'une marmite :

– Refermez vite la porte !

– Hi, hi ! Vous jouez à cache-cache, monsieur Hardi ? demande Bélino.

– C'est bien le moment de plaisanter !

Coq Hardi décrit alors la vision de cauchemar dont il a été le témoin :

– J'ai vu **une bête** ! À quelques pas de moi ! Une créature des enfers, mi-coq, mi-serpent.

– Pourquoi nous racontez-vous ces sornettes, m'sieu Hardi ? demande Carmen. C'est pas rigolo !

– C'est la vérité vraie ! s'emporte le trouillard.
Seul le chant du coq peut terrasser l'horrible créature.
Si elle l'entend, elle meurt sur-le-champ !
Mais aucun coq n'y est jamais parvenu !
La bête les a toujours foudroyés
avant qu'ils n'aient pu crier « cocorico ! ».

– Et nos parents ? s'inquiète Carmélito.
– Ton père, Carméla et ta tante Coquette
sont en route pour le château.
Là où se terre **la bêêête !**

Les vaillants petits poulets,
partis depuis une heure à la quête du grain,
arrivent eux aussi en vue du château.
Ils ignorent tout du danger qui les menace !

– Quelle splendeur ! Ça, c'est du poulailler !

– Seuls ceux qui ont du blé peuvent s'offrir de telles demeures.
Nous touchons au but !
Allons-y ! les encourage Coquenpâte.

– Empruntons ce charmant petit chemin fleuri…

– Bizarre !
Le sol est humide
et visqueux…

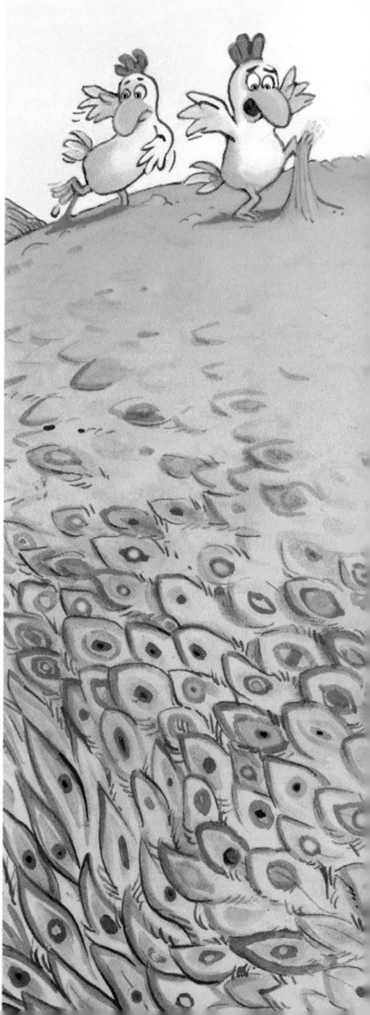

– Ce n'est pas
un sentier, mais…

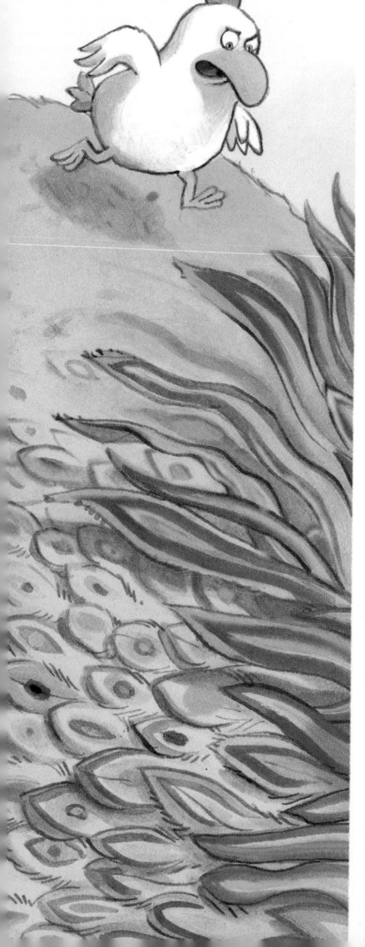

Quelques instants plus tard,
c'est au tour de Bélino, Carmen et Carmélito
de contempler l'antre de la bête…

Le bonheur de retrouver leurs parents
donne des ailes à nos deux p'tites poules.
– Hé ! Attendez-moi !

Soudain, Carmen pousse un grand cri de joie.
Elle vient de reconnaître ses copains.
– Ça alors ! Regardez qui nous attend là-bas !
– Coquenpâte, Coqsix et Molédecoq !
s'écrie Carmélito.

Mais le spectacle qu'ils découvrent en s'approchant
les saisit d'effroi. Leurs trois malheureux amis
sont comme statufiés dans la glace.

Carmen a beau leur parler et Carmélito les secouer,
ils restent désespérément immobiles.
– Dites-nous quelque chose, supplie la petite poulette.
– C'est dingue ! fait Bélino. On voit au travers
et, quand on toque dessus, ils font klink-klink !

– Ils ont peut-être pris un petit coup de froid, suggère Carmélito.
– Non ! s'exclame Carmen. **Ils sont en cristal !**
– Mais qui est assez méchant pour leur avoir fait ça ?

Derrière eux, une voix de ferraille résonne :

Mon nom est Lancelot du Lac !
Chevalier de la Table ronde.

Le monstre qui a cristallisé vos amis
est un basilic.
Cette créature maléfique a la capacité
de cracher son venin par les yeux.
Quiconque a le malheur de croiser
son regard est pétrifié à jamais…
Mais moi, grâce à mon heaume,
je ne crains rien !

– Cette sale bête existe pour de vrai, messire Lancelot ?

Le basilic est engendré dans un œuf, pondu
par un coq et couvé par un crapaud…

Carmélito est soudain très inquiet. Un œuf de coq ?
Et si les gargouillis que fait son ventre depuis des jours, c'était ça
Un œuf qui voudrait sortir ??? Maman !!!

– Seigneur Lancelot ? Avez-vous déjà rencontré un basilic ?

Oui, une fois. Sur un chapiteau de la basilique de Vézelay. Eh bien, même en pierre, il était terrifiant !

– Chevalier Lancelot ? Avez-vous le pouvoir de sauver nos copains ? demande Carmélito.

Sois rassuré. Dès que j'aurai vaincu le basilic, ils retrouveront la vie comme par enchantement.
Allez, montez ! Vous allez voir comment se bat un chevalier de la Table ronde.

– Nom d'une poule verte !

s'écrie soudain Carmélito.

– Je sais comment se protéger du regard de feu du basilic.
Je retourne au poulailler chercher l'objet
qui va nous aider à vaincre la bête !
Attendez-moi sur le pont-levis ! Je reviens…

« Un objet ? Quel objet ! » se demande Carmen, intriguée.

– Euh, Carmen, c'est quoi, un... pont-levis ?

Le mot date du XIIe siècle. C'est un pont mobile qui se lève ou s'abaisse à volonté au-dessus d'un fossé de château fort.

Et, s'il est fermé, on l'enfonce à coups de bélier...

Arrivés à la porte du château…

– Enfer et crotte de poule ! Tantine Coquette… Cristallisée !

– Monstre ! Tu as osé t'attaquer à ma tantine !
Je te préviens, basilic !
Si tu as touché une seule plume de mes parents,
je te transforme en paillasson !

– Non ! Carmen ! Non !

– Hé ! Vous ne voulez pas qu'on attende Carmélito ?

Chevalier Lancelot, revenez !

Carmen ! Reste !

– PAPA ! MAMAN !

Lorsque Carmen débouche dans la vaste salle du donjon, son petit cœur de poulette s'arrête.
Ses parents sont là !

Mais, pour leur grand malheur, Pitikok et Carméla ont eux aussi croisé le regard venimeux du basilic.
Son papa n'a pas eu le temps de pousser son fameux COCORICOOOO !
La bête les a changés en statue de cristal !

Pendant que Lancelot du Lac inspecte la pièce,
Bélino tente de réconforter son amie Carmen.
Mais peut-on se consoler de la perte de ses chers parents ?

Soudain, voilà que la salle voûtée s'assombrit…
Bélino lève les yeux et sent la laine se dresser sur son dos.

TSSSSIIII !!!

En un éclair, le chevalier de la Table ronde brandit sa lourde épée à double tranchant.

Je suis Lancelot du Lac ! Prépare-toi à mourir, créature du diable…

Il n'a pas achevé de défier le basilic que celui-ci, d'un regard incandescent, le pétrifie.

Il en faut plus pour décourager la poulette, qui s'empare de l'arme.

– Tremble, mocheté ! Je suis Carmen, fille de Carméla et de Pitikok ! Et je vais te hacher menu…

Hélas, la témérité ne suffit pas ! Un seul coup d'œil et c'en est fini.

Le petit poulet rose est de retour au château.
– Carmélito ! Carmélito ! C'est épouvantable !
s'écrie Bélino, dans tous ses états.

– Le… ba… ba… Le basilic s'en est pris à tes parents et à ta petite sœur… Il a même dessoudé le chevalier ! poursuit-il en voulant entraîner son ami vers la sortie.

– Les minutes de cette brute sont comptées, répond calmement Carmélito.

– Ce pauvre poulet n'a plus toute sa tête ! se récrie le petit bélier apeuré.

– Non, non, je ne suis pas zinzin ! Regarde ! Grâce à ça, j'ai toutes mes chances.

– Je les reconnais ! Ce sont les lunettes de protection de Céleste, la petite poule verte !!! se souvient Bélino*.

* Lire : *Un poulailler dans les étoiles.*

– Hé, hé, hé…

– Je t'attendais, mal peigné !

Le basilic décoche un premier rayon,
qui embrase la cour du château
mais reste sans effet sur le petit poulet.

La bête, surprise qu'on lui résiste, darde sur lui un nouveau jet de feu, qui n'a pas plus d'effet que le précédent.

– Même pas mal !

– Et maintenant, je vais te chanter un petit air à ma façon, lance Carmélito en plantant droit ses yeux dans ceux du basilic.

Dès les premières notes, la créature se met à gonfler, enfler, à grossir, puis elle éclate comme une vulgaire châtaigne.
POUF!

Aussitôt, les sept poules de cristal
retrouvent leur belle apparence…

Seul Lancelot a encore un peu l'esprit embrumé :

Comment je m'appelle, moi, déjà ? Euh… Blancelot ?
Non ! Blanche L'eau ? Euh… Change L'eau ?
Oui, c'est ça ! Changelot du Lac !

Puis ce sont les chaleureuses retrouvailles : toute la famille est de nouveau réunie.

- Papa !
- Maman !
- Tantine !
- Mes tout-petits !
- Bêêêêê !

Carmen contemple les restes de la bête qui flottent dans les douves du château.

– Il est fort, mon frère ! dit-elle d'une voix pleine d'admiration.

Les réserves de grain découvertes dans le grenier
vont mettre un terme à la famine.
Tout le monde a le sourire. De toutes parts, on accourt,
et le héros du jour est admiré, embrassé, félicité.

Pour fêter dignement l'événement,
Pédro le Cormoran s'est mis aux fourneaux.
Afin de régaler petits et grands,
il a mis les petits plats dans les grands…

– C'est prêt ! À table, tout le monde !

– Miaaam ! Qu'est-ce que tu nous as préparé de bon ?
demandent en chœur les p'tites poules
qui accourent joyeusement.

– DES PÂTES AU BASILIC !!!

Jean qui dort et Jean qui lit

Ce soir, au poulailler, les p'tites poules
sont excitées comme des puces.
Carmélito le poulet rose, Coquenpâte, Coqsix,
Molédecoq et les autres font un tapage
de tous les diables. La petite Carmen et ses copines,
elles, sont sages, de vraies images.
Le cœur battant, les poulettes ont les yeux fixés
sur la porte d'entrée.
C'est que nous sommes lundi !

Et, le lundi...

TOC !
TOC !
TOC !

– Bonsoir, Rat Conteur !
répondent en écho les p'tites poules.

À peine le vieux diseur d'histoires a-t-il pris place que tous les becs se ferment. On entendrait une plume voler. C'est l'heure tant attendue des contes du lundi.

– Hum ! Hum !
fait le Rat Conteur pour s'éclaircir la voix.
Puis il prononce la formule magique :
– Conte… Comté… Conti… Conta !
Petits et grands, tendez l'oreille.
Conte… Comté… Conti… Conta !
J'entrouvre mon sac à merveilles.

Il était une fois…

Pour commencer,
les p'tites poules
savourent les aventures
de Maître Renart…

… puis le récit
du légendaire combo

d'Ulysse contre
le Cyclope…

… avant d'écouter
pour la centième fois
leur histoire préférée :
la Poule aux œufs d'or.

Parents et enfants ne voient pas le temps passer.
Tous aimeraient bien que cette merveilleuse balade
n'ait jamais de fin, mais…

– Conte… Comté… Conti… Conta !
Il est temps de fermer le sac à histoires !
Et… ce sera tout pour ce soir.

– Oooooh, non ! Pas déjà !
protestent les p'tites poules…

Carmen et Carmélito se précipitent.
– Tiens ! J't'ai fait un dessin.

Le vieux Rat Conteur est très touché.
– Merci, ma poulette, dit-il, la gorge nouée.
Maintenant, il me faut partir.
Je dois me rendre au poulailler de Crêtemolle.

– Au revoir, Rat Conteur !
– À lundi, sans faute ! lui crie Carmélito.

À regret, les p'tites poules regagnent sagement leur nid.
– Tiens, le Rat Conteur a oublié sa musette à fromage ! remarque Carmen.

– Qu'est-ce que tu manges, Bélino ? demande Carmélito.
– Mmrrrien ! répond avec aplomb le petit bélier.

– Un fromage au bon lait de brebis…
J'ai pas pu résister ! avoue tout penaud Bélino.

Sous la lune pâle,
le conteur s'éloigne à petits pas comptés.
Il souffre. Ses os craquent
et il a peine à marcher.

– Comme me voilà devenu vieux ! gémit-il. Je n'en puis plus.
Ces voyages, de poulailler en poulailler, m'épuisent.

Une grande tristesse l'envahit.
– Lorsque je ne serai plus là,
qui va raconter des histoires aux enfants ?

Carmélito, Carmen et Bélino se précipitent
pour rapporter au vieux conteur
sa précieuse musette à fromage.
– Il ne doit pas être loin !

– On dirait des sanglots, s'étonne Carmélito.
Ça alors ! C'est le Rat Conteur qui pleure !

– Pfff… Quel grimacier ! dit Bélino.
Braire pour un fromage ! N'importe quoi !

– Oh, c'est vous ? chevrote le colporteur d'histoires en se mouchant d'un revers de manche.
– Que t'arrive-t-il ? lui demande Carmen, très inquiète.
– Il y a, mes enfants, que je suis vieux... Très vieux ! Le temps est venu pour moi d'aller rejoindre mes ancêtres au paradis des conteurs...

BOUHOUHOU !!

... et, comme une andouille, je n'ai pas été fichu de trouver celui qui doit me succéder.

Soudain, un souffle puissant jaillit des profondeurs du puits.

– C’est bien le moment de pleurnicher !

– Oh ! C’est vous, oncle Ésope ?! s’exclame le Rat Conteur.
N’ayez pas peur, les amis, c’est mon tonton !
L’un des plus fameux inventeurs d’histoires de son temps.
Beaucoup des fables que je connais,
c’est oncle Ésope qui me les a apprises.

– Qu'est-ce que j'entends, fils ? s'étrangle le fantôme.
Tu n'as toujours pas de remplaçant ?!
Mais c'est une **catastrophe** !
Bon ! Rappelle-moi l'énigme qui doit te permettre
de trouver ton successeur ?

– «**Jean se nomme celui qui te remplacera.
Endormi sur des feuilles tu le découvriras.
Suivre la flèche pour le trouver,
il te faudra.**»

– J'en ai suivi, des flèches,
mon oncle !
J'en ai pris, des directions !
J'ai cherché dans les bois,
les villages et les vallons...
Mais je n'ai jamais trouvé
ce Jean mystérieux dormant
sur des feuilles...

– Le temps presse, mon neveu !
Si dans trois jours tu n'as pas trouvé ton successeur,
nos histoires tomberont dans l'oubli !
Il te reste trois jours pour accomplir cette tâche !
Trois jours, mon neveu ! Tu entends ?!...

TROIS JOURS !!!

– Je veux bien les apprendre par cœur, moi, ces histoires ! propose Carmélito. J'adore les histoires !
– Hélas, mon garçon, l'énigme est formelle ! C'est un certain Jean qui doit me succéder.

– Des Jean, nous en connaissons des dizaines ! s'écrie soudain Carmen. On va t'aider à trouver celui que tu cherches !

Aussitôt dit, aussitôt fait !
Dès l'aube, la troupe se met en route.
Le vieillard, qui n'a plus la force de marcher,
voyage sur le dos de Bélino.
– Suivons la direction que nous indique cette flèche !
propose Carmen.
– Une flèche ? Quelle flèche ? cherche Bélino.

– Dis-moi, d'où viennent les histoires
que tu racontes ? demande Carmélito.

– J'en ai inventé quelques-unes, bien sûr,
glousse le bon rat perché.
Mais presque toutes font partie de mon héritage.
Les histoires sont des trésors
qui se transmettent de conteur en conteur
depuis le fond des âges !

Leurs recherches les conduisent d'abord chez Jean,
le fameux sprinteur aux longues oreilles.
Celui que justement l'on surnomme « la Flèche ».

– Euh... Qui êtes-vous ? Votre bouille me dit quelque chose... !
Rappelez-moi votre nom ? demande l'étourdi.
– Jeannot ! C'est nous !... Carmen et Carmélito !

Carmélito lui expose l'objet de leur visite matinale.
– Devenir passeur d'histoires ! s'exclame le lièvre, tout excité.
Formidable ! Et puis, j'apprends vite, moi ! J'suis un rapide !
On commence !? On commence !?

Oui, mais voilà ! Jean le Lièvre ne parvient pas à retenir la première histoire, même racontée plusieurs fois de suite.

– Attendez ! Attendez ! J'vais m'en souvenir, les rassure-t-il. Regardez ! J'fais un nœud pour ne pas l'oublier.

Les trois amis observent la scène en se mordant les joues pour ne pas exploser.
– C'est pas gagné ! lâche Carmélito qui n'en peut plus.
– Le pauvre a du gruyère entre les oreilles, ajoute Carmen, qui plonge dans les hautes herbes en s'étranglant de rire.

À l'évidence, Jean le Lièvre n'est pas le Jean dont parle l'énigme
– Ne nous décourageons pas, dit Carmen.
Allons trouver un autre Jean endormi sur des feuilles.

– Vous partez déjà, les amis ? C'est dommage,
on s'amusait si bien… Heu… On jouait à quoi, déjà ?

Mais les visites suivantes à Jean le Loup, Jean le Lynx
et Jean Lézard ne donnent rien, elles non plus.
– J'en ai plein le dos ! bougonne le petit bélier.
Il faut trouver une autre façon de véhiculer le papy.

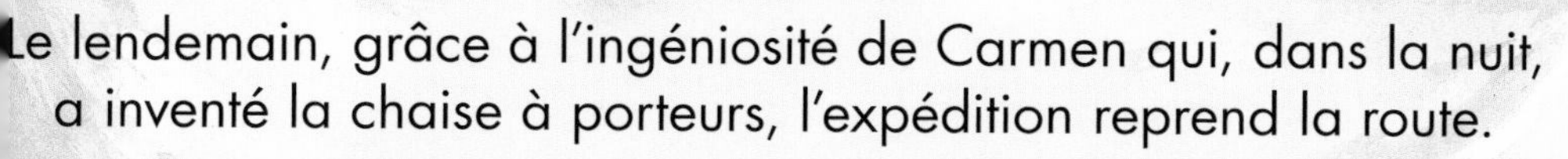

Le lendemain, grâce à l'ingéniosité de Carmen qui, dans la nuit, a inventé la chaise à porteurs, l'expédition reprend la route.

– À qui rendons-nous visite, ce matin ? demande le Rat Conteur.

– Au propriétaire de cette grotte, répond Carmélito. Le plus sale caractère de la région ! Une vraie terreur !

– Regardez ! s'écrie Bélino, la mine blême. Il y a des os à l'entrée !!! Je… je vous attends là !

Bravant le danger et la peur des chauves-souris, Carmélito, Carmen et le vieux rat progressent à tâtons dans l'obscurité. Soudain, ils débouchent dans une chambre...

– **Hou-Houuuu !!**
Jean de l'Ours ? Réveille-toi !

– AAARRRGGGGRRRR !!!

Qui est assez fou pour venir ainsi troubler mon sommeil ?!
C'est la deuxième fois qu'on me réveille, poursuit Jean de l'Ours.
J'espère pour vous que vous avez une bonne raison
de me déranger... car je suis de très mauvais poil !!!

– Une flèche ! Comme dans l'énigme...
Ce serait donc lui ?!

Encouragé par Carmélito,
le vieux conteur des mille et un nids
explique les raisons de sa visite.

– Monsieur Jean, vous…
vous n'avez jamais envisagé de changer de métier ?
De… devenir conteur, par exemple ?

– C'est toi qui as fait ça, moucheronne ?!
s'emporte l'ours. GRRRR ! Je vais te…
– Du calme, gros nounours ! Regarde !
T'avais ça, planté dans le derrière !

– **Aaah !** Voilà pourquoi je dormais si mal !
bredouille l'ours, reconnaissant. Merci, ma poulette.
Cette flèche appartient au galopin qui habite la maison
près de la fontaine. Hier, ce garnement est venu me menacer
avec son arc de bébé...

Profitant de ce brusque changement d'humeur,
le Rat Conteur renouvelle sa demande :
– Acceptez-vous de me remplacer, monsieur Jean ?

– Vous me faites honneur, répond l'ours en bâillant.
Mais c'est trop de travail !
Moi, si je n'ai pas mes six mois de sommeil !
Allez, bonne nuit !

RRROOONNN !!

Au terme du deuxième soir,
malgré dix lieues parcourues par monts et par vaux,
le mystérieux Jean demeure introuvable.
Les héros sont fatigués,
fourbus, moulus, rompus, flagadas.

Aussi Carmen passe-t-elle une partie de la nuit
à imaginer un nouveau mode de transport plus commode
que la chaise à porteurs.
– Mouiii ! Reste à trouver un truc qui tourne, **et hop...**
Roule ma poule !

Dernier jour pour réussir !
Ils ont décidé de se rendre chez le furet du Bois Joli.
– Tanière de Jean qui pue, en vue ! s'écrie Carmélito.
– Je sens que c'est le bon ! glousse la petite poule.

Au même moment, dans la cour de la ferme :
– Ah, ça… ??? Qui qu'a touché à ma poulie ?!
Comment j'm'en vais remplir mon seau, à présent ?!

Le beau parfumé les attend devant son terrier.
– Quel bon vent vous amène de si grand matin ?
– Je cherche un Jean qui pourrait raconter des histoires à ma place, lui répond le raconteur.
– Enfer et crotte de poule !
Qu'est-ce qu'il cocotte ! gémit Carmélito en titubant.

– Ne furetez plus ! s'écrie joyeusement Jean qui pue.
Je suis votre homme !

Avec un courage qui force l'admiration,
le conteur aspire une grande goulée d'air frais et se lance.
Mais le puissant fumet du furet a raison de son audace.
Atteint en pleines narines, il tourne de l'œil à son tour.

– Quelqu'un peut-il m'expliquer
pourquoi il ne faisait pas l'affaire ? demande Bélino.

Inlassablement, ils interrogent tous les Jean du pays.
– Remplacer le Rat Conteur ? Désolé, j'ai pas terminé ma cure !

– Raconter des histoires ?
Ça m'intéresserait, mais j'attends le baiser d'une princesse.

– Comment osez-vous
demander ça à un honnête
blaireau !!!

– Euh… S'il vous plaît ?

– Occupé !!!

– Pfff… Ceux-là, même pas la peine
de les questionner !

Au soir du troisième jour, il faut se rendre à l'évidence :
Carmen, Carmélito et Bélino ont échoué !
Leur dernière visite a été pour Jean le Hibou.
Celui qui loge dans la grande horloge de l'hôtel de ville.
Hélas, le bel oiseau de nuit n'était pas, lui non plus,
le Jean qu'ils cherchaient.

Le vieux Rat Conteur est sans voix. Quel désastre !
Il va rejoindre ses ancêtres et n'aura pas transmis les trésors
que lui avaient confiés les anciens.

Soudain, Carmélito est intrigué...

– Regardez ! Là ! Fichée dans le volet !

Une flèche !

– Bien vu, frérot ! s'écrie Carmen. Je la reconnais. C'est la même que celle qui était plantée dans le derrière de Jean de l'Ours.

– C'est un signe ! dit Carmélito. Suivons-la !

– Bélino ! Viens nous aider à grimper ! demande la poulette.

– **Nom d'une plume!!!**
s'écrie Carmen.
Je parie que c'est le galopin
dont nous a parlé Jean de l'Ours !
Et vous savez quoi ?
Il est endormi sur des feuilles !!!

En moins de temps qu'il n'en faut
à un poussin pour gober une mouche,
ils se retrouvent à l'intérieur de la maison.

– S'il vous plaît, demande Carmélito,
comment vous appelez-vous ?

Le jeune garçon, tiré de son sommeil,
regarde avec étonnement ses visiteurs.
– Heu... Jean ! répond l'enfant.
– Aimes-tu les histoires, mon petit Jean ?
demande le Rat Conteur, le cœur battant.
– Oh, oui, répond le gamin avec un grand sourire, beaucoup !
Surtout les histoires d'animaux.

Hé ! dites ! Merci de m'avoir réveillé.
Je m'étais endormi sur mes punitions. Je dois copier cent fois :
« Je ne pousserai plus des grognements d'ours dans la classe pour faire rire mes camarades. »

– Il y a bien plus urgent, dit le Rat Conteur.
Mon petit Jean, accepterais-tu d'être... **gardien d'histoires?**
– Ben... Je sais pas si je saurais...
– C'est facile ! Je te les raconte et tu les conserves bien au chaud sous ta perruque.
– J'veux bien essayer !

Le vieux conteur, très ému, regarde avec tendresse celui qui va lui succéder. Puis il toussote pour s'éclaircir la voix.

– Hum... ! Hum... !
Conte... Comté... Conti... Conta !
Petits et grands, tendez l'oreille.
Conte... Comté... Conti... Conta !
J'entrouvre mon sac à merveilles.

Il était une fois...

Le Rat Conteur commence tout naturellement par lui conter une fable de son oncle Ésope.

– J'adore cette histoire ! s'enflamme le petit Jean. Vous savez ce que je vais faire ? Eh ben… pour ne rien oublier, je vais tout écrire !

Et, jusqu'à l'aube, le vieux conta, conta, conta.
Fables, contes, récits, légendes jaillissaient de sa bouche comme l'eau de la fontaine.
Le petit bonhomme n'en perdait pas une goutte, enregistrant un à un ces trésors.

Critt, critt, critt,

faisait sa plume en courant sur le papier...

Mission accomplie, Carmélito, Carmen et Bélino dormaient du sommeil des justes.

Un mois plus tard, les p'tites poules, le cœur battant, ont les yeux fixés sur la porte d'entrée.

Rien d'étonnant à cel
vu que nous sommes
lundi.

Et, le lundi...

TOC ! TOC ! TOC !

– Salut, mes amis !

Pour débuter cette soirée, je vais vous lire l'histoire d'un chanteur des bois, amateur de fromage qui fouette !

Sauve qui poule !

L'orage menace au-dessus du poulailler.
– Profitons-en avant qu'une
violente averse nous oblige à rentrer !
se sont dit les p'tites poules.
Les plus grands ont commencé une partie de pouleball.
Quant à Carmen, Carmélito et leurs copains,
ils ont décidé de jouer à
« Bergère, rentre tes blancs moutons ».
Un jeu très rigolo, où une équipe doit chercher
ceux qui se sont cachés.

C'est Carmen et ses copines
qui ont été désignées pour compter jusqu'à cent.
– Je reste avec bous, dit Coqueluche,
car je suis encore un bedit beu balade.

UN... DEUX... TROIS...

Carmélito, lui, a repéré une cachette où personne
ne pensera à venir le dénicher.
Oui, mais voilà ! Bangcoq, la terreur des perchoirs,
a eu la même idée.
– Décampe, Carmélito ! menace l'énervé.
– Eh, tout doux ! répond le petit poulet rose,
ce n'est qu'un jeu.

À quelques pas de là, Coquenpâte veut s'emparer de la belle cachette de Cockpitt et Molédecoq.
– Sale tricheur ! J'vais l'dire à ma mère.

Chez Pédro, le vieux cormoran…
– C'est complet ! Dégage !

Près du vieux pont… embouteillage !
– Laisse-moi passer, gros plein de blé !

Chez les p'tits gars, la chamaillerie tourne au vinaigre.
Dressés sur leurs ergots, Carmélito et Bangcoq
se défient, l'œil mauvais.
– Tu veux un coup de poule ?!
– Tu me fais pas peur, œuf en gelée !

Et c'est la bagarre…

Trop occupés à se taper dessus, les jeunes coqs n'ont pas vu leur ennemi de toujours enlever un des leurs.

Échange de mots doux, baffes, beignes, beignets... Quelques minutes ont suffi pour transformer un paisible terrain de jeu en champ de bataille ! Mais quelle mouche les a piqués ?

– Tiens ? Où donc est passé
Coqueluche, s'étonne Carmen.
Et les garçons ? Où sont-ils ?
Toutes les cachettes sont vides !
Peut-être sont-ils rentrés au poulailler
par peur de l'orage ?

– Carméliiiitoooo !!! s'égosille Carmen.

Soudain, les poulettes sont interrompues par l'arrivée de Bélino, qui hoquette de peur.
– Ouille ! Ouille ! Un renard m'a mordu les fesses !

C'est aussitôt la panique.
– Sauve qui poule !
hurlent les filles, qui courent se réfugier à la basse-cour.

– Un renard si près de la ferme ? Et en plein jour ? Impossible ! murmure Carmen.

Au même moment…

Pour les renardeaux, quel grand jour !

Ils rentrent au logis,
ivres de bonheur.
Leur première expédition
est un succès.

C'est la toute première fois
que les jeunes de la portée
ont pu s'aventurer loin de leur tanière,
sans les parents.

Les prisonniers sont précipités dans la réserve.

– Y a du coq en stock ! ricanent les renardeaux.

– Bravo, mes bébés ! les félicite la mère. Je vois que la chasse a été bonne !

Puis, s'adressant aux petits coqs :

– Messieurs les bagarreurs, bienvenue dans la tanière de

Goupil Mains Rouges !

– Les renards vont nous dévorer ! s'écrie Cockpitt.
– Bou-ouh ! sanglote Coquenpâte, au désespoir. Si je suis mangé, ma mère, elle me tue !
– C'est ta faute, Bangcoq ! s'emporte Cockpitt. Si on ne s'était pas battus, ça ne serait pas arrivé !

Et c'est reparti pour une bagarre !

– Ils sont parfaits ! Votre père va être très content. Au fait, les garçons... votre sœur n'est pas encore rentrée ?

Pendant ce temps,
Carmen a réussi à convaincre trois
de ses meilleures copines
de poursuivre les recherches,
malgré la menace du renard qui rôde.

Les dents de Bélino jouent des castagnettes.
Pour rien au monde la petite poulette ne l'avouerait,
mais… elle aussi est morte de trouille.
Pour se donner du courage, elle chantonne :
« Dans la troupe, y a pas d'jambe de bois,
y a des poules, mais ça n'se voit pas. »

Tout à coup, à l'orée du bois…

Une cavalière, surgissant d'un taillis,
court vers l'aventure au galop...

La jeune renarde
encourage sa fringante monture :
– Ventre à terre, Galopin !
Il faut que je rapporte un coq à la tanière,
ou je vais être la risée de mes frères.
Un coq ! Je dois attraper un coq avant la nuit !

Dès que j'en apercevrai un, Galopin, je m'approcherai sans bruit et…

… je me jetterai sur lui.

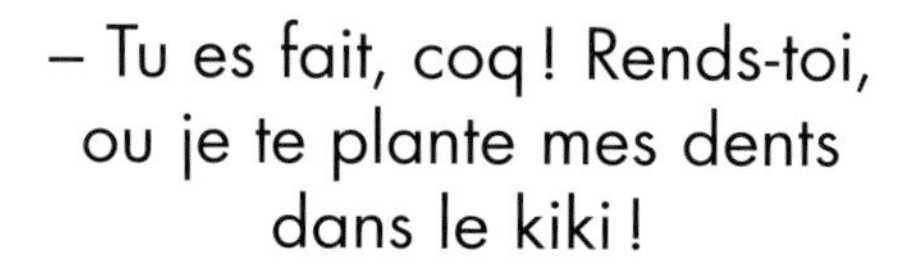

– Tu es fait, coq ! Rends-toi, ou je te plante mes dents dans le kiki !

– Mais qu'est-ce qui se passe ? Qui a éteint la lumière ? Lumière ! Luuumièèèrre !!

– Des coqs !! s'exclame-t-elle, folle de joie, en découvrant les p'tites poules. Quatre d'un coup !

– Je suis Zorra la Renarde ! dit-elle en prenant une grosse voix pour les impressionner.

– Vous n'avez aucune chance, messieurs, lance-t-elle à ceux qu'elle croit être de terribles batailleurs. Déposez vos armes ! Vous êtes mes prisonniers !

Amusée, Carmen demande à la petite Zorra :
– Pourquoi des coqs ? Tu n'aimes pas les poules ?

– Pour l'anniversaire de papa, explique la renarde, mes frères et moi avons décidé de lui offrir des coqs ! Il adore ça, mon papa, les coqs !
Mes frangins en ont déjà attrapé plein…

– *Enfer et crotte de poule !*

Carmen est glacée d'effroi. Elle vient de comprendre où sont passés Carmélito et les autres.

Que peuvent quatre petites poules
contre une famille de renards sanguinaires ?

– Bou-ouh… On ne reverra plus nos copains ! sanglote Coquillette.
– Courage, les filles ! dit Carmen, et réfléchissons.
Cette gamine peut nous conduire jusqu'à leur tanière !
Voilà ce que nous allons faire…

– Je n'y comprends plus rien, se lamente Liverpoule.
On est des coqs ou on est des poules ?
– Pffff, souffle Carmen, légèrement agacée.
Je répète ! On fait croire à cette renarde que
nous sommes des coqs. C'est une ruse !

Au fond de la réserve, c'est toujours la bagarre.

– On se calme ! s'écrie Carmélito, en séparant les frappeurs. Se bagarrer ! Se bagarrer ! Toujours se bagarrer ! Il y a des choses plus urgentes à faire !

Ils sont soudain interrompus par un long gémissement. Une étrange plainte rauque, qui glace le sang des petits coqs :

RRRRrrrrrrrrwwwwaaaaaaaaaaaa !!

– Qu'est-ce que c'est que ce truc ?

Autre chose inquiète Carmélito :
– Pourquoi les renards ne nous ont-ils pas saignés ?
– C'est vrai, ça ! dit Coquenpâte.
Les goupils tuent toujours leurs proies
avant de les entraîner dans leur terrier…

– Guelle bonne gachette, note Coqueluche.
Jabais les filles ne nous trouberont ici !

– Soyons sur nos gardes,
conseille Carmélito.

Carmello a bien raison d'être inquiet, car, un peu plus tard…
– Bon anniversaire, petit papa !

– Ooooh ! Que de cadeaux… !
Vous me gâtez, mes enfants ! Il ne fallait pas…

– Regardez-moi ce regard de tueur,
ce bec effilé comme une épée, ces ergots tranchants…
Une pure merveille ! On va se régaler !

– Papa, on te les a choisis avec soin,
expliquent les renardeaux.
Ce sont de sacrés bagarreurs…
Les meilleurs coqs de combat du pays.

– Mais pas du tout ! se récrie Carmélito.
Vous vous trompez !
Oui ! bon, il nous arrive parfois
de nous voler dans les plumes. Euh… parce que…
Euh… parce que… Euh… parce que…

La vérité, c'est que les petits coqs ont bien du mal
à expliquer pourquoi ils aiment se battre.

– *Silence, la volaille!*
hurle Goupil Mains Rouges.
Il suffit de regarder les traces de coups que vous portez
pour comprendre que vous êtes de vrais champions.
J'adôôôre les combats de coqs !

– Voici les règles, messieurs !
Bataille générale dans l'arène.
Il ne doit rester qu'un seul survivant !
Pour prix de sa victoire, il aura la vie sauve !
Quant aux autres... Hé ! Hé ! Hé !
Ils seront jetés dans la fosse du Monstre Cornu !

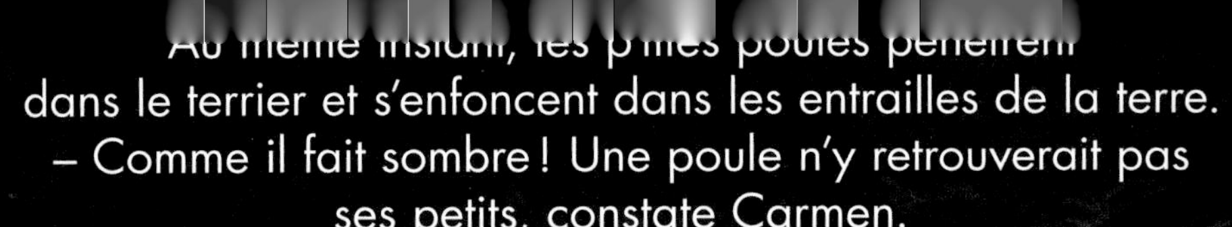

Au même instant, les p'tites poules pénètrent dans le terrier et s'enfoncent dans les entrailles de la terre.

– Comme il fait sombre ! Une poule n'y retrouverait pas ses petits, constate Carmen.

– Ralliez-vous à mon panache blanc, dit Zorra.

La tanière des renards est un véritable labyrinthe.
Impossible, pour qui ne connaît pas, de trouver le chemin
qui mène à l'antre de Goupil Mains Rouges.

Bélino n'a pu se résoudre à abandonner ses amies.
Il pénètre à son tour dans le dédale des galeries.
– Non, j'ai pas la pétoche ! Non, j'ai pas la pétoche !
se répète-t-il, mort de peur.
Sa toison s'accroche dans les ronces ! Qu'importe !
Le brave petit bélier avance à tâtons dans le noir

Zorra progresse en hésitant un peu :
– Euh, par ici ? Euh… non, non… par là ! Bon, essayons par là
– Jamais on ne retrouvera la sortie, chuchote Carmen.

– Vous avez entendu ? Ça donne la chair de poule !

– C'est le cri du Monstre Cornu ! explique Zorra. Mon père dit qu'il se cache dans les galeries du labyrinthe. Et que si on n'est pas sages, il viendra nous transformer en chair à pâté !

– Un labyrinthe ? Un Monstre Cornu… ?!
Ça me rappelle une légende du Rat Conteur,
un soir à la veillée, songe Carmen.

Brusquement…

Aaaaaaaahhh!!!

Zorra, suspendue dans le vide,
croit que pour elle, c'est la fin.
Sa toute petite vie ne tient plus qu'à un fil !
Comble de malheur, elle aperçoit
son Galopin chuter
et disparaître dans le noir.

Si nos poulettes avaient eu l'ouïe plus fine,
elles auraient pu entendre monter
des profondeurs une voix rauque :
« Aïe ! »

– Tenez bon, les filles !
Au prix d'un terrible effort, Carmen, Liverpoule, Hucocotte et Coquillette parviennent à remonter la petite renarde de l'abîme.

– Bou-ooouuuh ! Sans vous je m'aplatissais au fond de ce gouffre comme une crotte !

La petite renarde est bouleversée.
Elle a perdu son Galopin !
Comment vivre sans lui ?

Mais elle réalise surtout une chose incroyable...
– Nous sommes des ennemis de toujours et malgré cela vous m'avez sauvé la vie ! Vous offrir en cadeau à mon papa ? Maintenant, je ne pourrai jamais !

– Et c'est tant mieux, Zorra, car nous ne sommes pas des coqs mais des p'tites poules, s'esclaffe Carmen.
– Ça alors ! s'étonne la renarde, en éclatant de rire.

Puis elle fond à nouveau en larmes :
– Mamaaannn ! J'ai perdu mon Galopin !!!

Au bout du souterrain, Liverpoule les appelle :
– Vite ! Venez voir.

– Carmen ! On ne peut pas rester sans rien faire…
Il faut que tu trouves quelque chose !
– Désolée, les filles, mais là… Je n'ai pas d'idée ! Je sèche…
avoue la poulette. Y a rien qui me vient…
J'suis un vrai légume…

– Des légumes… ?

DES LÉGUMES !! J'ai trouvé !

Arrachons le plus possible de légumes !
ordonne Carmen. Le salut est dans le légume !
Il faut des légumes ! Beaucoup de légumes…
Un gros… un énorme tas de légumes…

Après avoir fouillé, fouiné, fureté en vain
pour retrouver son Galopin, Zorra rejoint les siens.

– Moi aussi, papa, j'aurais voulu t'offrir un joli coq.
Mais je n'en ai pas vu, dit-elle en baissant les yeux.

Ses frères, une fois encore,
ne ratent pas l'occasion de se moquer d'elle :
– Hi, hi, hi ! Elle ne trouverait pas de sable à la plage.
– Normal que tu saches pas chasser, Zorra, t'es qu'une fille !
Les filles, ça doit rester au terrier à faire le ménage !
lui lancent-ils, très fiers d'eux.

Dans l'arène, l'heure de la révolte a sonné.

– **Nous refusons de nous battre!** s'écrie Carmélito.
Les petits coqs aiment se crêper la crête
et se voler dans les plumes, c'est vrai!
Mais jamais quelqu'un ne pourra nous obliger
à combattre et à nous faire du mal! Jamais!
Alors, moi et mes copains, on te dit:

Mains Rouges!
Va te faire cuire un œuf!

Soudain, le sol se met à trembler...

L'apparition surgissant des profondeurs
du Monde Souterrain sème la panique chez les goupils !
C'est la débandade générale.
À l'heure présente, ils courent encore !

Crac!

Bling !!
Blang !!!

– Salut, les bagarreurs !

– Je te salue, ô reine des cucurbitacées ! s'écrie Carmélito en tenant sa petite sœur enlacée.

– J'ai bien cru que je ne te reverrais plus, dit Carmen en pleurant de joie.

Puis la poulette s'approche de la renarde.

– Zorra ! Pour sceller notre amitié toute neuve, accepte ce modeste cadeau... 100 % bio !
– Ooh, un Galopin tout neuf ! Il est chouette !

Les p'tites poules ont maintenant hâte
de quitter cet endroit sinistre.
– Peux-tu nous indiquer la sortie, Zorra ?
lui demande Carmélito.

– En fait… je ne connais pas très bien le chemin,
avoue la renarde.

– Du bruit dans la galerie ! Les renards reviennent !

Eh bien non ! C'est le museau de Bélino qui apparaît.

– Houhouuuu ! Y a quelqu'un ?

En le découvrant, les p'tites poules éclatent de rire.

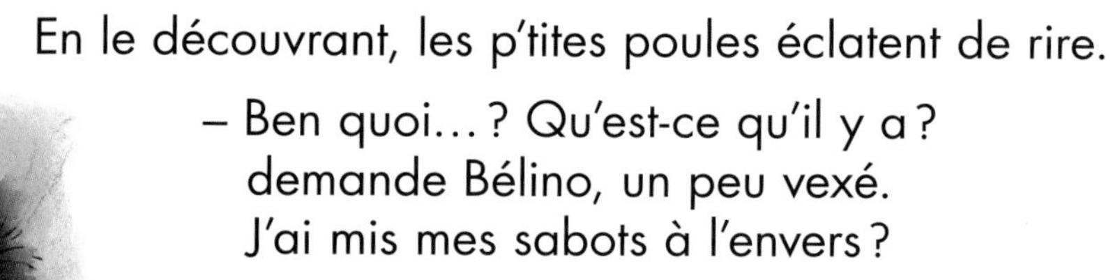

– Ben quoi… ? Qu'est-ce qu'il y a ? demande Bélino, un peu vexé. J'ai mis mes sabots à l'envers ?

En s'accrochant dans les ronces,
Bélino s'est complètement détricoté !
– J'étais en laine, me v'la à poil !

Et c'est en suivant Bélino,
rembobinant son fil de laine, que tout le monde
put retrouver la sortie sans encombre.

De retour à l'air libre...

Difficile de se séparer, quand on a été ennemis de toujours et qu'on est maintenant amis pour la vie !
Carmen, Carmélito et Bélino ont la larme à l'œil.
Avec la petite renarde, ils ont fait le serment de se revoir.

Zorra, caracolant fièrement sur sa nouvelle monture, s'en va rejoindre ses parents.

– C'est mignon quand c'est tout petit, dit Carmélito.
– Oui, répond Carmen en pouffant de rire. Dommage que ça grandisse !

Les émotions, ça creuse !
Coquillette, Hucocotte et Vienpoupoule
se sont rendues près du tas de fumier
pour un pique-nique vers de terre entre copines.
Mais quels sont ces cris ? Ces piaillements ?
Ces caquetages ? Ces piaulements ?
Quoi ?! Encore une bagarre !

– Ah non ! Pitié, les filles ! Pas vous !

Table

1. Charivari chez les P'tites Poules 3

2. Les P'tites Poules, la Bête et le Chevalier 49

3. Jean qui dort et Jean qui lit 95

4. Sauve qui poule ! 141

5. Le carnet secret des auteurs 188

Carnet de recherches - études - croquis -
notes - doc'- idées - pistes - brouillons...
Avant de refermer ton livre, viens faire un tour dans le jardin des Christian avec leur carnet secret...
thème
du Carnaval ?
Nos poules
de potirons
Notes du 1er septembre :
Évoquer un jardin merveilleux (pays de Cocagne, jardin d'amour, la Dame à la Licorne ?)...
Parler aussi des légume
que les enfants
détestent !
ou un jardin maléfique, comme un labyrinthe d'où on ne ressort jamais ?...

Croquis des victimes
News
COMBATS D'ENFANTS !
Une école terrible :
Des adultes entraînaient
chaque jour des enfants
au combat et pariaient
sur eux en les obligeant
à se battre ! Cela se dé-
S'en-fout-la-mort
(Nom d'un coq créole)
Gallus
Indicus mirabilis
Black-Le-Coq !

Croquis des profiteurs
atmosphère des « pitts » antillais
Les hommes qui raffolent du spectacle de la violence (jeux du cirque, tournois du Moyen Âge, matchs de boxe, combats d'animaux...).
La tradition du combat de coqs ! (en Angleterre, en Flandre, à la Réunion...).
Et, dans le monde des P'tites Poules, qui aimerait les voir se battre ? Leur ennemi de toujours : le RENARD !
Trop loup !
Renard argenté
(+ petit et roublard)
Renard désargenté !
Les arènes de Rome

Études des lieux
de la tragédie
Dans le terrier
du renard, bien sûr !
Où l'on retrouve l'idée
du labyrinthe ! L'odyssée de
nos poules dans des
mondes souterrains...
par là !
par ici !
non !
euh
...
et qui dit
labyrinthe dit...
par là !...

Le monstre !!!
La rencontre de nos poules avec un personnage légendaire : le Minotaure !
Oui, mais un monstre curieux, différent... En légumes, par exemple !
AAAAAH!
42
Revoilà l'idée des légumes !
Comme dans une peinture d'Arcimboldo !
Et à la fin, on montre que les renards, autant que les enfants, détestent les légumes !
Sauve qui poule !
?!!
?!